LÁ NA TERRA DO CONTRÁRIO

Juliana Minotti

Lá na Terra do Contrário

Ilustrações
Cris Eich

Paulinas

Dados Internacionais de Catalogação na Publicação (CIP)
Angélica Ilacqua CRB-8/7057

Minotti, Juliana
  Lá na terra do contrário / Juliana Minotti ; ilustrações de Cris Eich. - São Paulo : Paulinas, 2024.
  40 p. ; il., color (Coleção Cesto de letras)

  ISBN 978-65-5808-275-0

  1. Literatura infantojuvenil 2. Comportamento 3. Relações familiares I. Título II. Eich, Cris

24-0036   CDD 028.5

Índices para catálogo sistemático:
1. Literatura infantojuvenil

1ª edição – 2024

Direção-geral: *Ágda França*
Editora responsável: *Andréia Schweitzer*
Copidesque e revisão: *Ana Cecilia Mari*
Coordenação de revisão: *Marina Mendonça*
Gerente de produção: *Felício Calegaro Neto*
Produção de arte: *Elaine Alves*
Ilustrações: *Cris Eich*

Nenhuma parte desta obra pode ser reproduzida ou transmitida por qualquer forma e/ou quaisquer meios (eletrônico ou mecânico, incluindo fotocópia e gravação) ou arquivada em qualquer sistema ou banco de dados sem permissão escrita da Editora. Direitos reservados.

Cadastre-se e receba nossas informações
paulinas.com.br
Telemarketing e SAC: 0800-7010081

Paulinas
Rua Dona Inácia Uchoa, 62
04110-020 – São Paulo – SP (Brasil)
📞 (11) 2125-3500
✉ editora@paulinas.com.br
© Pia Sociedade Filhas de São Paulo – São Paulo, 2024

Dedico este livro a meus filhos e afilhados,
os quais amo muito!
Agradeço a Nosso Senhor Jesus Cristo
e a sua Mãe, Maria Santíssima,
a quem peço que interceda junto a Deus
para que muitas crianças
e suas famílias sejam edificadas!

Juliana Minotti

Para minha tia Bebel,
que me apresentou
as músicas do Padre Zezinho, scj.

Cris Eich

Era uma vez uma menina muito esperta.
Ela não gostava de seguir regras
e achava que o mundo era quadrado,
pois tudo já tinha nome dado.

"Porta que abre e fecha."
"Copo, para colocar água ou suco."
"Xícara de chá ou de café!"

Então, um dia,
ela descobriu que até existia
um livro que continha todos os nomes,
de todas as coisas...

"Afff! Essa foi a gota d'água! Chega!
Não quero mais viver nessa terra chata!"
Sentou-se, muito brava,
de braços cruzados e de cara fechada...

Decidiu respirar bem fundo,
como havia aprendido na escola:
"Quando ficar agitada,
a respiração será sua aliada".

De repente, uma ideia surgiu da sua imaginação, logo depois de ouvir uma famosa canção:

Vou embora para a Terra do Contrário, onde nada tem nome nem é preciso cumprir horário!

Então, ela logo foi pesquisar como poderia chegar lá...

Mas não encontrou nem placa,
nem mapa, nem o livro
que se achava sabidão.
Nem ele sabia da tal terra
da sua imaginação.

Muito chateada, a menina foi dormir:
"Quem sabe encontro nos sonhos
o caminho que devo seguir!".
Ao acordar, nem deu bola
para a mãe e para os irmãos,
queria encontrar logo uma solução.

Tomou de uma vez seu copo
de leite com chocolate
e saiu pela porta se questionando:
"Onde é que fica essa Terra do Contrário?
Fica lá do lado que fica de cá
ou fica lá do lado que fica de lá?".

E, como num passe de mágica,
olhando ao seu redor, tudo se transformou,
seu olhar se modificou.

Saiu correndo de volta para casa e, muito animada, a esperta menina recitou:

Lá na Terra do Contrário
o cachorro faz miau.
E quem late é o canário,
e o gatinho faz au, au.
E acontece cada coisa,
como nunca ninguém viu.
Lá na Terra do Contrário,
no verão é que faz frio!

Todos olharam para a menina espantados.
Ela experimentou uma sensação
que nunca tinha sentido.
De repente, seus irmãos e sua mãe
a olhavam com atenção,
e, sem perder tempo,
ela continuou a recitação:

Lá na Terra do Contrário
a calçada é que é a rua.
De manhã o sol se esconde
e de tarde morre a lua.
E acontece cada coisa
simplesmente embasbacante,
lá na Terra do Contrário
vai pra trás quem vai pra adiante.

Sua mãe, então, ficou muito nervosa:
"Para, menina irritante!",
e voltou logo aos seus afazeres incessantes.

De repente, aquele entusiasmo
se transformou em frustração,
ninguém compreendia
nem lhe dava atenção.

Saiu tristonha pelas ruas,
que agora viraram calçada,
e até quase que foi atropelada.
Ela não entendia nem aceitava:

"Agora que descobri o segredo,
não quero mais ser quem eu era!
Vou-me embora desta terra,
vou-me embora para não mais voltar!".

Mas a menina, muito esperta,
não sabia bem o que fazer,
pois havia um dilema
e não tinha como resolver:

**Lá na Terra do Contrário
a viagem não complica,
como as rodas são quadradas,
quem viaja é quem fica.**

**E acontece cada coisa,
que criança nem espera,
lá na Terra do Contrário,
o quadrado é uma esfera.**

A menina, então, mudou de opinião:
"Vou voltar pra casa,
eles hão de me dar atenção!".

Chegando lá, preparou tudo,
fez um circo e deu um pulo.
Começou a dizer bem alto,
para que todos pudessem ouvir:

Lá na Terra do Contrário,
as crianças são gigantes.
E as orelhas das crianças
são que nem as do elefante.

E, se alguém desobedece,
acreditem no que eu digo,
aparece uma professora
e põe a orelha de castigo.

Os aplausos e as risadas rapidamente ressoaram pela casa.
A menina, decidida, continuou a recitar, pensando: "Ela vai me notar!".

**Lá na Terra do Contrário,
pode acreditar em mim:
os porões são de sorvete
e o telhado é de pudim.**

**Quem quiser entrar numa casa
não faz força e nunca bate,
é só comer as fechaduras,
pois elas são de chocolate.**

Então, finalmente, o tão esperado momento aconteceu: sua mamãe, tão ocupada, apareceu. Foi um misto de alegria e muita apreensão...
A mãe, emocionada, começou a arrumar aquela confusão.

Mas, desta vez, sem brigar,
pois entendeu que
o que a menina queria
era a sua atenção.

Era difícil se dividir
entre o trabalho, a casa
e os filhos.
Mas, a partir daquele dia,
tudo foi diferente,
pois se comprometeu
a ser mais paciente.

A menina também, magicamente,
pôde ver que seu mundo ao contrário
só confusão ia trazer.
Ela não precisava ser diferente
para a mamãe a amar,
e sabia que a cada dia
uma nova oportunidade surgia
para recomeçar.

Meu nome é **Juliana Minotti**. Sou graduada em Psicologia e pós-graduada em Psicoterapia Clínica Comportamental, Psicologia Tomista e Psicopedagogia Clínica e Institucional.

Há 14 anos atuo como psicóloga e orientadora familiar e atendo especialmente transtornos ansiosos. Sou autora do livro *Descobrindo o meu temperamento* e de materiais psicoeducativos com temas relacionados ao autocuidado, autoestima e manejo da ansiedade.

Casei com o Emerson em 2009 e temos quatro filhos: Maria Julia, Leonardo, Lucas e Miguel (que nos deixou cedo demais). Os livros sempre estiveram presentes na minha vida e na vida da minha família, assim como no meu trabalho. Foi assim que, inspirada pelo trabalho com famílias, lembrei-me das músicas do Padre Zezinho, scj e esta história nasceu.

Meu nome é Cristina Carvalho. Assino meus desenhos como **Cris Eich** e passo meus dias desenhando livros, criando histórias e viajando em aquarelas.

Sou aquarelista e ilustradora há 30 anos. Minhas aquarelas já ilustraram mais de cem livros de literatura infantojuvenil de escritores como Monteiro Lobato, Ana Maria Machado, Cecília Meireles, Ruth Rocha, Tatiana Belinky, Sergio Caparelli, Leo Cunha, Roseana Murray, Livia Garcia-Rosa, Jonas Ribeiro e Marcia Kambeba, entre outros. Sou também autora do livro *Quem você trouxe?*, publicado por Paulinas Editora.

Sou mãe da Caié e da Juju, e é a partir da experiência da leitura compartilhada com as meninas que começo a pensar nas ilustrações dos livros – esse processo criativo tem por base a intuição e nele mesclo meus conhecimentos como leitora e artista gráfica.

Aos pais e/ou responsáveis

Este livro destaca uma realidade muito presente nas famílias contemporâneas: a perda da consciência de que a formação da criança depende diretamente da maturidade de seus familiares. Além disso, ressalta como a presença constante, a estabilidade emocional, uma rotina bem definida, um ambiente amoroso e alegre, bem como o equilíbrio entre exigências e afetividade são fundamentais para criar as condições ideais para o pleno desenvolvimento da personalidade infantil.

Em outras palavras, para além de necessidades básicas como alimentação, higiene pessoal e educação formal, as crianças precisam de segurança emocional. Analogamente, assim como uma semente em terreno pedregoso não consegue prosperar, mesmo recebendo água e luz solar, as crianças também necessitam de um solo fértil, representado pela maturidade de seus responsáveis, para se desenvolverem plenamente e tornarem-se indivíduos íntegros, capazes de enfrentar os desafios da vida.

Dicas práticas

Rotina e organização: uma casa com uma rotina bem definida proporciona estabilidade e segurança, permitindo que a criança se ajuste ao mundo ao seu redor, antecipe eventos e compreenda como as coisas acontecem. Isso inclui horários para acordar, dormir, alimentar-se, brincar, estudar e cuidar da higiene pessoal. A organização do ambiente também desempenha um papel crucial. Não se trata de ter uma casa impecável, mas de oferecer à criança estabilidade e ordem. A participação da criança na organização da casa, respeitando sua idade e suas capacidades, contribui para o desenvolvimento de sua responsabilidade, competências e autoconfiança.

Tempo de qualidade: quando se fala em qualidade, também deve ser considerada a quantidade de tempo dedicado à família. Uma criança que passa a maior parte do tempo longe da família pode enfrentar desafios nos seus relacionamentos futuros. O ambiente familiar é fundamental para um desenvolvimento sólido e consistente, proporcionando uma base segura para outras relações sociais. O bem-estar deve prevalecer no ambiente familiar, mesmo após dias exaustivos, para que a criança adquira uma visão positiva da vida.

Família, escola de virtudes: o lar representa a fundação afetiva sólida, proporcionando o desenvolvimento e amadurecimento da personalidade infantil. É onde as crianças experimentam e compreendem que o mundo transcende as paredes físicas de uma casa. É imperativo lembrar constantemente que a figura parental representa um espelho para seu filho. Procure fazer boas escolhas, mesmo diante das adversidades; evitar distrações e cumprir suas responsabilidades; agir com justiça e respeito para com os demais; exercer a generosidade e a tolerância perante as fragilidades e desafios enfrentados pelas pessoas ao seu redor. Ou seja, seja a referência que você gostaria de ter tido durante sua própria infância, visando ao desenvolvimento de indivíduos mais capacitados a contribuir positivamente para uma sociedade e um mundo melhores.

Finalizo com uma reflexão de nosso querido Papa Francisco: "No vosso caminho familiar, partilhais tantos momentos belos: as refeições, o descanso, o trabalho em casa, a diversão, a oração, as viagens e as peregrinações, as ações de solidariedade... Todavia, se falta o amor, falta a alegria; e Jesus é quem nos dá o amor autêntico" (*Carta do Papa às Famílias*, 25 de fevereiro de 2014).

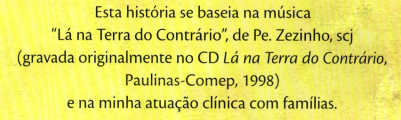

Esta história se baseia na música
"Lá na Terra do Contrário", de Pe. Zezinho, scj
(gravada originalmente no CD *Lá na Terra do Contrário*,
Paulinas-Comep, 1998)
e na minha atuação clínica com famílias.

Aponte a câmera do seu celular para o QR Code
e ouça a música que inspirou a mim e a ilustradora
e que pode inspirar você e sua família também!

Um abraço, Juliana.

Rua Dona Inácia Uchoa, 62
04110-020 – São Paulo – SP (Brasil)
Tel.: (11) 2125-3500
paulinas.com.br – editora@paulinas.com.br
Telemarketing e SAC: 0800-7010081